KB185513

탈곡기

안영준 제3시집

시음사
시사랑음악사랑

* 목차 *

* 목차 *

시작(詩作)

하얀 밭에
작대기를 휘두르니
신비로운 씨앗들이 태동한다

내 농장엔
불멸의
종자들이 몸부림치는데
파묻힌 새싹들을
일어 세우려는 간절함이다

백설로 덮인
이랑을 헤치며
화사한 모종들을
줄지어 심어 나갔고
새싹들이 꿈틀거리며 자라
한골 한골
곱게 지어진 한 마지기 농장

어머니의 발자국

창문 덜렁거림은 어머니 발소리인 듯
저벅저벅 내 곁으로 다가와 곧 부를 것 같은 느낌에
어머니란 이름 하나만으로도 가슴이 벅차오릅니다

당신의 울타리를 벗어나
객지에서 묵어지며 외로이 지낸 몸은
만고의 정에 보고파 애타는 심정 달랠 수 없기에
마음은 늘 당신 곁에 있습니다

틀어진 문틀가 마루턱에 걸터앉아
허름한 두건 두르고 억지 미소 던지던 모습은
그 시절 그때 한롤 필름으로 남아
이 가슴속에 고이 간직되어 있습니다

청솔가지 연기에 묻혀 웅크리고 고뇌를 되뇌면서
흘리는 밥물을 쳐다보며
헤진 옷소매로 눈물 훔치던 가여운 어머니 그리움에
애절함만 켜켜이 쌓여갑니다

가거라 아픔이여

우리네 신체는 멍들었고
안팎에서 지르는 괴음에
작금 현실을 지고 있는 오늘도
아픔과 시련에 지구는 울고 있다

움츠러드는 세상
만인의 마음은 꽁꽁 얼어
해가 바뀌어도
여전히 불안은 마찬가지
여기저기 한숨은 끊이지 않는다

엄동설한 날 세운 듯
검은 폭풍은 햇빛을 절단하고
삭막한 하늘섬엔
게슴츠레한 낮달만 외롭다

선달그믐
양년 대지를 밝히려
혼신을 다해 매달렸지만
창백해진 그 달덩이는 애처롭기만

겨울 갈대

청춘을 잃고
늙어진 육신은
가는 세월에 기력 잃고
추레한 모습으로 서서 있구나

연약한 삭신은
잔바람에도 맥 못 추고 쓰러져
일어서지 못하는구나

골다공증으로
쇠약해진 몸은
혈조차 원활히 돌지 않아
핏기 잃고 합병증에 누웠구나

감나무에 까치밥 떨어지니
노쇠한 몸
눈덩이에 파묻혀
가여운 신세로구나
하지만 질긴 목숨 포기 않고
새봄 오면
기운 차리고 벌떡 일어날 것이다

봄이 오기를

매서운 한파가
시퍼런 날을 세우고
번뜩이며 칼춤 추는데
옷 벗은 빈 가지는
설한의 바람을 등지고
혹독한 추위를 견뎌내며
움을 틔우려 애쓴다

마른 가지마다
설화를 걸쳐 입고
봄이 오기만을 기다리며
속살에 양분을 채우고
잔뜩 웅크리고 있다

세월 무게를 견뎌온
그 나무는
춘삼월을 기억할 줄 알고
한 떨기 고운 꽃을
피우기 위해서라면
반드시 넘어야 할 고비란다

내 몸은

이토록
고뇌하는 세상살이도
제바람이라 여기며
살아준 내 몸

폭설에 푹 덮인
동백화보다 더 진하고
질긴 삶은 인내라며
살아준 내 몸

하릴없이 애타던
그 정념도
반백 세월 속에 묻고
흙이 된 듯
살아준 내 몸

내 나이 수는
허허로이 남게 하고
녹록해도 모름지기
살아준 내 몸

봄은 언제 올까

불과 얼마 전
얼음장도 녹이던
가슴은 얼어 냉골 되었다

그때부터
추위를 이기지 못하고
심장 박동도 널뛰기한다

하소연 못 할 고해
기억을 더듬으면
심장은 곧 멎을 것만 같다

내 가슴은 언제쯤이나
온기를 느끼며
제대로 혈이 돌 수 있을까

덕장에 거꾸로 매달린
과메기처럼 된 시름 하며
나 여태 기다렸는데
이 몸 더 말라야 하는 건가

동백

늘 푸르던 당당함
빨간 입술은 터트릴 듯 말 듯
교태의 그 미소는 애를 태운다

파도 음률 들으며
포말을 관전하는 여유는
아무런 걱정 없으리라 했지만
그것은 빗나간 판단이었다

뱃길도 닿지 않아
아무도 찾아주질 않는
외로운 섬 지킴이
곱다 해도 그런 줄 모르고 산다

사방팔방에서
눈보라 휘몰아치니
붉은 입술을 터트리지 못하고
애수만 토해낸다

약한 모습 보이기 싫어
아닌 척 등 돌리고
먼 등대를 주시하며
어둠을 갈망하는 여인이여

설경 1

천사 옷 벗어 훨훨 날리니
살포시 내려앉아
대지는 흰 꽃이 만발했다

실오라기조차 걸치지 않은
벌거숭이 나목은
내리는 눈을 견딜 만큼 쥐고
아롱아롱 바람맞는다

가지마다 받아든 백화
뽀얀 솜이불 기워 덮고
한증을 하며 진땀 흘려
주렁주렁 수정 보석 달았다

하얀 세상 여로 하는 길
걸음 멈추고
고혹에 도취한 황홀경은
동화 속 주인공 되어 춤춘다

뜨거워진 가슴

허무로 묶어진 세월
변변히 내세울 것 없이
연습이란 해보지 못하고
한 번씩만 경험하며 살은 삶

허송세월 더듬은 지난날
아쉽고도 후회스럽지만
새날을 시작할 때마다 맞는
매시간은 설렘 반 기대 반

슬기로움으로
새롭게 도전하는 젊음은
승패가 그리 중요치 않다
다만 젊음이란 가치로
시간 허비하지 않고
뜨거운 열정으로 하루하루를

오늘이 내게 가장 젊은 날
주어진 역경과 싸워 이기며
내일이 와도 불멸하지 않고
하늘 무지개처럼 곱디곱게

곰탕

멀건 맹물에서
우윳빛으로 차츰 진해지는
숙성으로의 전조 과정

부글부글 끓는
고소한 냄새는 제 맘대로
콧구멍을 왕래하며
말초신경을 자극한다

몇 번을 우려내도
여전히 뽀얀 진국은
시각적 기쁨을 주고
담백함은 목구멍을 넘어가
오장을 요동치게 한다

열받게 할수록
무한한 신비를 우려내고
그윽한 향취 오묘한 맛이
미식가 배를 두드리게 한다

시작과 끝

묵어진 인연이었지만
냉철하게 떨구었다
흔들리던 이를 빼버린 듯
홀가분하고 개운하게

한철 꽃과 나비 되어
잉꼬도 부러워할 만큼
이 세상에 둘도 없는 인연

서로의 볼에 입맞춤은
잘 익어진 앵두처럼
언제나 달콤했었고
봉선화 같은
그녀의 수줍음은
내 가슴을 뜨겁게 했지만

장난질 운명은
유통 기한이 임박했고
억지 사랑은 연극 같았으며
하늘의 뜻에 따라
그녀와의 인연은
여기까지만 유효하기로 했다

겨울 노숙

폭설이 몰아치는
어느 날
가냘픈 새의 전신에
스며드는 싸늘한 바람

해 저문 지 오래
깊은 어둠 속
탄식하는 새소리는
적막을 깨며 밤을 새운다

외딴곳
고요는 여명을 재촉하고
탄식하다 열병에
신음하는 애처로움

소주병

가치로
몸값을 인정받으며
순간순간 어느 이에게는
쓰디쓴 달콤함을 주었다

속을 덜어내고
상자 속에 나란히 줄 서
과거를 밟으며
어제를 살아온 공허함은
많은 이를 박탈하고
노역하게 한 죄책감이 든다

내 몸을 비울수록
어떤 이 욕정은 채워지고
정신을 분열케 하여
희로애락도 넉넉히 주었다

남은 한 방울과
빈껍데기는 부랑하다가
부단히 재탄생하여
애주가들에게 대우받으리

겨울나무

사방에서 불어닥치는
혹한을 견디며
견딜 수 없는
고통을 이겨내고 있구나

평생을 살아간다는 것은
참으며 견뎌내는
일이라지만
정도의 차이가 심하구나

홑껍데기 하나 붙이고
혹독한 엄동설한을
고태스럽게 배겨내기란
지속되는 단말마적 순간

이 세상 모든 이여
고해(苦海)의 시련을
아프다 말고 서글퍼 마오

삶이란

어둠으로
가려진 세상
사람들은
일그러진 상으로
옹색하게
하루하루를
땜빵하고 있구나

늦은 귀갓길
가로등은
게슴츠레 졸고 있고
높은 건물들은
달빛의 배웅마저
차단하고 있구나

골목길은
칠흑으로
음산하기만 하고
무거운 몸은
어디로 가야 할지
누굴 찾아야 할지
몸 둘 바 모르겠구나

설경 2

천사의 몸짓 인가

백의를 입혀 놓은 듯
날 밝아 올까지
빈 몸으로
고운 꽃을 피운 나무

동면하는 벌레들도
그 품에서
하얀 꿈 꾸고 있겠구나

적적하게 서 있는
너에게로 다가가
오늘은
아는 척하고 싶구나

한밤중에
쥐도 새도 모르게
묵묵히 피운 화려함이
세상을 밝히는구나

동백꽃 사랑

한자리만 고집하고
누굴 기다리고 있는 걸까

청춘의 잃지 않고
인고의 자태로
지난날 맺은 약속
어기지 않으려고
그 자리서 꼿꼿이 섰다네

외로이 선 그대는
혹한에 아랑곳하지 않고
봄을 재촉하고 있구나

수줍음에
떨리는 붉은 입술은
그를 향한 어설픈 고백
지켜보자니 애처롭기만

검은 심상

어쩌다가
하늘을 보면
점점 커지는 것은
우울을 가져온 검은 구름

차츰 무거워진
하늘의 무게는
금세 무너질 것만 같아
커져만 가는 근심과 걱정

먹장 같은
큰 덩이 구름은
내 어깨를 짓누르고
하염없이 무거워진 몸은
태산이나 짊어진 듯

과메기

파도는
낙조를 안고
곁에서 너울춤 추는데

속 빈 그들은
시한 추위에 떨다가
햇살을 끌어안고
삭신을 말리며
깊은 명상에 잠긴다

햇볕에 도취 되어
마취된 듯
깨어나질 못하고
영영 눈감은 몸은
또 다른
이름이 붙여지고
식탁에 올라와
명작으로 명성을 떨친다

쳇바퀴 육십 년

톱니바퀴처럼
돌고 돌은 인생은
세월 그 속에 닳아 무뎌졌고

불나게 살아온 삶
여기저기 기름은 말라
삐걱거리고 잡음만 요란하다

청승맞게
검은 그림자와 마주하며
건배 잔을 들고
고뇌를 넉넉히 부딪쳐 본다

구름에 가려진
달빛 아래서 넘긴
탁배기 고봉 술에 목이 메고
회한의 눈물만 찔끔찔끔

일 년

삼백 하고
예순다섯 날

움트기 시작해
여물기 전
벌레가 파먹은 듯
살이 제법 깎였다

헤프게
떨어져 나가는
피붙이들
도둑맞은 것 같아

아깝지만
시계는 돌고
세월은
고장 나지 않았으니
어찌할 수 있겠나

타령(打令)

혼자가 된 일상 속에서
지루함을 안고 가는 나그네

가슴 시린 밤
뿌리는 빗물에 젖어
세월 타령에 신세타령은
내 눈물도 범벅되어
망가진 폐부를 옥죄게 합니다

얄궂은 세월을 탓하며
몸부림쳤던 순간순간을
위로해 주기 위해
알코올의 힘을 빌려보지만
멀뚱멀뚱 생기가 돌아
심상은 발광했고
알게 모르게 밤을 보내며
꾸부정해진 몸은
결국 펴지 못하고
아침결 간신히 잠들었습니다

부모(父母)

어린나무는
그림자처럼
거목 옆지기가 되어
보살핌을 받고 자라며
양분을 흡수하고
녹록하게
자라고 있었습니다

에움길에 터 잡은
크고 작은 동무들과
어울려 커갈 즈음
시름하는 거목의
나약한 모습이
보이기 시작했습니다

땅 내음을 맡으며
흙을 파고 헤집으며
주름져 갈라진
거목의 살갗을
보노라니
속이 타들어 갑니다

고장 난 열차

인생 열차를 타고
세월을 가르며 달린
노곤한 육신
간이역에 잠시 쉼 한다

고갯길을 오르려는
인생 열차는
버거운 짊을
내려놓지 못하고
허덕이며
다시 시동을 걸어본다

목적지는
한참 멀었는데
삐걱거리는 마찰음과
잦은 고장에
종착역까지는
무사히 갈 수 있을는지
목쉰 기적 소리만

동백꽃 연정

옷 벗은
노목을 감싸안아
바람막이하려고
밤잠도 거부하며
시린 어둠에 보초 선다

내색도 하지 않고
진한 미소로
떨림도 감수하며
검은 바람을 지휘한다

다물 줄 모르는
상그레한
빨간 입술은
춘삼월을
고대(苦待)하며
새하얀 고요 속에
낭만적 밀어를 나뉜다

미월(彌月)

자라다 다 못 자란
허연 눈썹
천상 멀리서
수줍어하며 내려보고
상그레한 표정 짓는다

그녀는
나와 얼굴 마주하려
기웃거렸지만
나뭇가지에 걸려
옴짝달싹 못 하는 모습은
초라하기만 하다

밀려오는 사연 안고
나 강기슭
터벅터벅 걷는 길

넌 어느새
물 한가운데 빠져
어둠 속에 허우적거린다

버스 정류장

봄은
저만치서 얼쩡거리며
동태를 살피는데
동장군은 보란 듯
버젓이 보초 서고 있다

추위에 묻혀
동동거리는 발목은
엔진 달린 듯
분주하게 교차한다

고장 없는 시계 침은
돌아가는데
버스 불빛은 보이지 않는
삭막한 버스 정류장

매화는 봄을 안고 왔다

봄 소리가 들려
귀 기울이고 찾아 나섰지만
보이지 않네

봄 향기가 날려
냄새 쫓아서 찾아 나섰지만
찾을 수 없네

들 지나 산 넘어
따스한 볕을 찾아 나섰지만
아득히 멀리 있네

절기는 입춘 노래하고
고장 나 봄은 못 오나 했더니

그 봄은 뒤꼍 매화 가지에서
넉살 좋게 너스레 떨고 있네

봄 올 무렵

싸늘하게 식은 바람은
골목에 배회하는
검불들을 끌어안고
자취를 감춘다

시림이
전신을 타고 돌 때
산마루에 걸린 석양은
넘지 않으려고
실랑이한다

알 수 없는 처량함에
창밖을
보고 있노라면
굳어있던 육신들이
꿈틀거리며 꼬리 친다

봄이 오는 길목

핏기 잃은 가랑잎
노병에 마비되어 있는데
뜨끈한 몸으로
동토를 뚫은 새 생명
누리를 데우고 봄을 부른다

서둘러 봄을 부르려는
버들강아지
흰 이불 덮고
칭얼대며 꼬리 흔들어댄다

성하던 살갗을
찢고 나오려 하는
연한 생명의 몸부림에
봄 맞은 거목은
산고의 동통으로 몸살 한다

어느 바닷가 비애

빛을 포용하던 파도는
윤슬을 업은 채 멀리 떠나고
거무스레한 갯벌만 눈에 찬다

인적 없는 텅 빈 모래밭에서
일상을 헐뜯는데
왠지 혼자 남은 바닷새
하늘을 찢을 듯한 곡소리 한다

불 꺼진 항구엔
오도카니 등댓불만 깜박이고
부랑하던 노도 몰아치니
격투기 하는 어정 아비규환이다

모두 떠난 바다 둑에서
홀로 남은 나 배회하다가
무거운 걸음 하는 그림자 데리고
터벅터벅 집으로 향하는 비애

봄이 오기 전

백설이 걸터앉았던
마른 가지는
산고의 아픔을 당하고 있다

눈 덮은 하얀 골짜기
외로운 복수초는
눈만 살포시 내밀고
눈치껏 세상을 엿보고 있다

밤새 왔다 간 는개는
언 땅을 해동하고
어린 생명을 기상하게 한다

발길이 뜸한
산사 뒤곁에는
한 덩이 큰바람 지나고
힘 빠진 가랑잎은
때 묻은 거미줄에 묶여있다

그렇게 왔다

그토록 발버둥 하던
싸한 겨울은
못 이기는 척 보이지 않게
떠나가 버렸다

엊저녁 까치가
집 앞에서 큰소리하더니
봄을 안고 와
겨울을 데리고 갔나보다

한밤 자고 나니
검불 밑에서
옷 갈아입은 새 생명은
보란 듯 얼굴 드러내고
배시시 웃는다

사립문 앞에도
연초록들이 마중 와있고
여인네 치맛자락도
가볍게 펄럭이며
봄은 그렇게 오고 있었구나

봄 올 기미

봄 마중하는 눈개는
누리에 양분을 뿌리고
하늘을 받친 운무는
가위눌림에 몸부림한다

대나무 정수리를 때린
굵은 빗줄기는 시치미 떼고
정적만을 남긴 채
발등에 올라앉았다

추녀 끝을 의지하고
비지땀 흘리던 고드름은
곡풍 오던 그날
비명을 지르며 낙하한다

길고 짧았던 월동은
크고 작은 여운을 남긴 채
지워지고 새봄은
동공 안에서 반짝거린다

가물은 마음

휜히 열린 하늘이
어둡게만 느껴지니
식었던 마음
데우지 못한다

창공 멀쩡한 구름도
멍들어 보이니
내 심상도
멍들었나보다

탐스러운 꽃도
허접해 보이니
생채기 난 폐부에
소용돌이 난다

안갯속이라도 좋다
빗속이라도 좋다
오늘 같은 나날이
되지 않기만을

자드락에서

매서운 바람을 스친
가지마다
얼음꽃 하얀 숭어리가
허공을 더듬는다

쨍하고 찾아온 여우별과
걸판지게 노닐던
묵은눈은
청솔밭에 흔적을 남겼다

달빛도 자고 가는
산언덕
바람에 몸을 맡긴 억새는
군무를 즐기며 덩실거린다

구름에 가려 갈 길 잃은
야윈 달은
빈 하늘을 더듬거리며
새날이 밝기만 기다린다

꽃샘추위 속

담장에 기대고 졸던 볕은
짓궂은 꽃샘 심술 짓에
창을 밀치고 안방에 들어왔다

거친 숨소리로 날뛰며
고샅을 누비던 질풍도
마지막 발악을 하며
동네 어귀를 돌아 꼬리 감춘다

만발한 자운영꽃 내 맡으며
땅을 박차고 오르는 청보리는
농부의 발소리를 기다린다

밭이랑엔 아지랑이 꼬물대고
훈풍은 양지 끝에서
떠나는 겨울 뒤태만 지켜본다

산수유나무

눈밭에 서서 가위눌림과
심한 고해 참아내더니
거목 틈새에서
방긋방긋 웃음 터트린다

에움길 언덕배기
어느 절집 목탁 소리에
참신하는 여린 가지는
봄볕에 호위를 받고 있다

호기심 많은 산 처녀는
어느새 와서 목에 힘주고
황금빛 머플러 휘날리며
교태 부린다

발등 위에 얼음장은
아예 아랑곳하지 않고
실가지에 촘촘히
금박 장식하고 환희한다

상처받은 그림자

전생에
어떤 감정 있었기에
유감스럽게도
현세
반 백줄 넘은
이 몸덩이를
속박하려고 하는가

단
하나뿐인
내 자그마한 심장을
더는
짓누르지는 말아라

병든 노구처럼
거친 숨 몰아쉬며
장악을 갈구하고
서 있는 그림자에
밤 기차는
불 비추고
천천히 울며 걷는다

봄 처녀 왔네

달빛도 숨죽인 산기슭
별빛 조명발 받으며
군무를 즐기던 억새는
하늘 보고 아쉬워한다

설한이 머물던
옷 벗은 나무에
묶어진 마지막 잔설이
떠나지 않으려
고고한 가지 잡고 있다

실개천 버들가지
얼음장 녹아 흐르는
청정수 음률에
부푼 젖꼭지 터트리고

우물가 개나리 처녀도
봄옷 갈아입고
묘미 한 어름새 율동한다

내 나이 육십에

굴뚝새 놀고 간
앵두나무 가는 가지에
매서운 바람 불더니
상고대 꽃 멋지게도 피었구나

잔가지에 걸린
하얀 꽃은 아름답다
보고 있는 내 머리는 더 희지만
청승맞기 그지없다

어느덧 이란 인생관 속에
꽉 차게 먹어버린
육십 바퀴 삶

토하는 한 숨소리만 길어지고

달동네의 봄

달을 훔친
떠돌이 구름은
산마루에
머물다 사라지고 나타난다

까만 밤은
이슬을 낳고
들판에 누운 민들레
하품하고 부스스 일어난다

농익은 봄볕
대지에 널어지니
아지랑이 꼬물거리고
관광 나온 벌 나비
무리 지어 군무에 빠졌구나

배불리
햇살 먹은 민둥산
푸릇한 봄꽃 내음 찐한 향기
말초 신경을 자극한다

철들었다

좀처럼
무뎌진 계절의 농락이
가소로운 듯
목련화는 웃고 있었다

토담 날망에
개나리는 다리 걸치고
여유 만만히
제 몸치장하고 있다

식지 않은
물안개 끓어오를 때
찔레꽃 고단한 잠 깨고 소리친다

방죽 물
밀도 짙어진 밤
보름달은 내려와
물 방석 타고 노 젓는다

잡지 못하는 계절

시린 겨울비가
쉼 없이 오는 것은
아마도
잡지 못하는
겨울날의 애상인 듯
잔설을 안고
떨어진 마른 잎은
널브러져
길손의 발길질에
조각나 땅에 스민다

해와 달이 교차하며
눈비를 내려주고
섭리에 순응하는
계절은
여지없이
오고 가는데
당연히 잡을 수 없음이

헷갈리는 봄

여울 길에
터 잡은 버드나무
귀여운 새끼 잉태한다

아직도
하산하지 못한
묵은눈은
그늘에 발 묶여
햇볕이 쨍하기만
학수고대하고 있다

노을 속에 묻힌
꽃구름은
정처 없이 떠돌고
번뜩이는 봄볕에
살얼음은 기절하여
물 위에 동동 떠 있다

어느 조개

눈뜨면 쉼 없이
꿈틀거려야 하는 육신
그가 그의 모습을 봤다면
측은한 맘이 들 것이다

먼 길 찾아
더듬거리며 나섰지만
노도에 떠밀려 제자리걸음

펄 바닥을
힘껏 밀어 보지만
앞으로 가지 못하고
진흙탕으로 빠져들어 가는
구속받는 존재

사라질 육신은
죽을 때까지
흙밭에서 꿈틀거리며
살다가
빈집만 모래밭에 덩그러니

겨울 왕국

마른 풀잎도
바람에 고개 끄덕였다

부러지기 싫어
바람에 제 몸 맡기고

난 자리 발 뻗으려
풍파 견뎌내며
모질게도 배겨냈지만

봄이 와도
싹이 트지 않는
오천이백만 개
썩어가는 밀알
눈비 맞으며 서럽다
쓸개 빠진
위정자 거드름
두 눈 있어 못 보겠네

세월의 늪

많은 걸 바라지 않는다
그저 마음만 위안받으면 되는 것

땅바닥에서 꿈틀거려야 하는 설움

평온한 열쇠를 거머쥐고 싶다
그 기대의 완성은 희열인 것이다

무지하게 고독하다 보니
고독이 고독인 줄 모르고 살아온 것

세상 앞에
한없이 작아지는 순간
그러지 않으려고
미친 척 술에 취해 남이 되어본다

삼월의 반란

쨍한 볕 아래
비틀거리고
지팡이 짚은 아지랑이
그 발자국 따라
빙 돌아오는 논둑길
나풀나풀
호랑나비 날갯짓
봄 불러 흥겹기만 한데

골짜기서
은둔하던 바람은
발 돌려 괴성 지르며
내 가슴팍을
마구마구 후려치고

먹장구름에
해 꼬리 끊어질 때
퍼붓는 빗소리는
나를 고독 속에 갇힌다

가난한 새

모두가 잠든 밤
울 너머에서
이름 모를 새의
지저귐을 듣게 되었다

노래가 아닌 듯
그 소리는
예사롭지 않게 들린다

삼경의 암흑 속에서
반복해 고함을 지른다

일상을 견디고
간신히 잠든 아기 새
배고픔을 토해내는
심야의 괴성인 것이다

고적한 유랑

바닷가 모래밭에
맘 설레게 하는 아지랑이
얄궂게 아른거리고
고적에 물든 한 남자 서 있다

백 갈매기
넓은 창공 유랑하다가
유람선 지붕에 몸 싣고
고개 저으며 세상 가늠한다

밀려오는 파도는
해수면에 뜬 낙조를
악랄하게 집어삼키고 토하며
벌건 피를 흘린다

심술궂은 질풍은
외로이 선 등대 귓불 때리고
밤새 겁먹은 불빛은
차츰 식어간다

고락

봄 불러
어깨동무하고 온
북풍은
미풍을 남기고
소리 없이 가버렸다

복수초 옷 벗고
햇살 아래서
해바라기하는데
골짜기 잔설은
무슨 사연인지
버젓이 누워
세월 타령하는구나

석양빛 비추는
금빛 계곡물에
버들치 유영하며
동지섣달
시린 설움
봄볕에 흔적 지운다

이슬

긴 밤 지새우며
방문 앞에
서성서성하다가
아무 말 못 하고
아침결에 떠난 이

그대
홀로 가야 하는 길
가다가 가다가
외로우면
구름 품에 안기어
해 오를 적
한줄기
는개와 어우러져
어여쁜
무지개로 환생하소

감추고 싶은 애련

시린 날의 쓰린 회한
눈물을 참으며
절대 불굴하지 않으려 했지만

의지와 달리
결과가 삐딱해질 때
다짐한 꿈은 허공에 사라지고
능력을 책망하고 곱씹는다

유리창에 기댄 빗줄기는
불면 하는 내게
울먹이며 은밀한 말을 던지는
자정이 훨씬 지난 시간

나만의 비련이던가
표출 못 할 한 덩이는
가슴에서 파문이 일고
날카로운 도구에 유린당한다

고독한 벽

고독한 사내는
외롭고 쓸쓸함을
탈피하기 위해
술에 힘을 빌려본다

길었지만 짧았던
한계의 인연을
억지로 연장한
묵은 날을
회상하지만
어리석은 생각은
가슴속 폐부에
응어리만 남게 한다

인연이 아닌 인연
틀어진 발걸음
방향을 돌리기에는
슬픈 현실이
앞을 가로막고 있다

만발한 춘계

처마 밑 석가래
제비 한 쌍 재건축하고
먼 산 뻐꾸기
춘삼월 맞이 시 한 수 읊는다

바람은 잠들고
나비 나풀대는 산언덕
처마 없는 널따란 지붕 아래
지친 몸 뉜다

붉게 익은 석양은
서산을 넘고
어스름 내리는 산기슭
싸리나무 백설 꽃 흐드러진다

정상길 굽은 능선
산까치 노랫가락에
앙다문 붉은 몽우리 터트린다

묵은 인연

술아 술아
너를 내 앞에 앉히고
네 알맹이를 보는 순간
내 눈에 빛은
세상을 밝게 하는구나

물렁한
너의 한 덩이가
내 입술을 유혹하여
나 모르게
순간 내 안에 넣었구나

차츰 황홀경에 빠져
춘몽인 듯
내 몸은 하늘을 날고
위에서 본 세상은
모두가 꽃밭이며
고난은 온데간데없고
천지를 모두
내게 주었으니
어찌 너와
결별을 할 수 있겠는가

꽃잎 차

작은 강에
돛단배 띄웠다
가로등도 불 밝힌다

모락모락 피는
물안개
콧바람에도 춤춘다

계절 앞에
잘 익은 한 조각
고상한 향을
발산하며
세월을 우려낸다

사랑하는 이와
배 띄우며
마주 보고 불러보는
달금한 뱃노래

늙은 고양이

울타리 밑에서
무겁게 걸어가는 모습이
꽤 안쓰러워 보인다

길가는 이와
언뜻 마주치기라도 하면
기겁하고 줄행랑친다

가로등 아래서
몸을 바싹 움츠리고
머리 조아리며 지껄이는
초라한 꼴은 볼썽사납다

한때는
높은 담장을 누비고
늠름한 호령도 했었건만
이젠 쇠약해진 노구
목련꽃
떨어지는 소리에도
소스라치게 놀라
삼십육계 하는 고양이

묵어진 풍경

계곡을 타고
밤안개는 내려와
외딴집을 자욱이 덮는다

호롱불 꺼진 오두막집엔
구멍 난 문풍지 사이로
찬바람만 드나든다

빈 집터에는
조각난 사금파리가
삶의 애한을 말하고
녹록한 검불이 덮어준다

모름지기
세월은 흘러갔고
덩그러니
묵어진 초가지붕엔
무성한 잡초만 늙어간다

잠 못 들고

깊어진 밤
홀로는 외로워
심을 달래주려고
마약 같은
알코올에 의존한다

부어라
넘치도록
마르지 않는 술잔에
깔딱거리는
숨구멍

취기는 올랐지만
혼미한 정신은
가늠이 불가능하다

그냥 다 잊고
웃기만 할 줄 알았는데

팔자소관

싫다고 가는 이
붙잡지 말고
오지 못할 사람 때문에
애닳지 마라

만남은
짧은 동안 기쁨이고
헤어짐은
영원한 행복인걸
내 것 아닌 것을
억지로
팔자를 건드려
가슴에 흠집 내지 마라

어차피 인생은
기억을 망각하며
살고 있는 걸
뜬구름처럼
무심히 흐르다가
모름지기 지워버려라

진달래는

잉태한 핏덩이
바르르 떨며
순산하고
핏물 흥건하다

산통 겪고 낳은
자식새끼
꽃샘이 데려갈세라

탯줄 못 놓고
울며불며
짧은 명줄 통한한다

무슨 물건 인고

흘리지 말 것을
바짓가랑이에 흘렸다

이것이 바지를 타고 내릴 때
또다시 눈물을 흘린다

장어 같던 물건이
자라목 되고
개불처럼 힘 빠진 물건

넘치는 한 방울을
분출하기 위한 욕구는
번번이 실패하는 사내는
기죽어 산다

봄 찾기

아지랑이
취중인 듯 춤추고
겨우내
미끄럼 타던 마른 잎은
꽃밭에서 어우러진다

따스한 기온은
맥 잃은 나무에
양분을 주고
영혼을 흔들어 깨운다

스쳐 갈 계절이
생명력을 넣어 줌에
푸른 육신은
감사함에 굽신거린다

진달래

별을
한아름이고
정수리마다
고운 리본을 달았구나

엄동설한
깨질 듯한 냉골에서
고난을 겪고도
생기가 도는
함박웃음 터트린다

철 따라서 오가는
악조건에도
기어코 굴하지 않는
속 깊은 여인은
이제야
부푼 가슴 열어젖힌다

의지처

외톨이 마음은
산사를 찾아
본심을 토해도 위안 안 된다

성찰의 무게를
대신 짊어진 석양은
가까스로 능선을 넘는다

산을 등진
내 그림자는
자동차 불빛 따라
터벅터벅 걷는 발걸음 무겁다

내일도
거기에 오를 것이다
진심이 그곳에 전해질 때까지

목련 필 때

어저께 오신다고
기별하시더니
엊그제 밤 찬 기운이
시기했나 봅니다

꽃샘의 거드름은
여정의 길을 가로막고
비아냥거리듯
비켜주지 않습니다

남풍 가득 안고
오실 임께
샹들리에
밝혀 드리려고
아직 불 켜지 못하고
학수고대하는데
설익은 낮달은
그 마음 모르는 듯
무심히 지켜만 봅니다

절집 앞 정류장

바람 가벼운
버스 정류장
붐비는 상춘객 발소리에
살포시 눈뜬 벚꽃

절집 뒤란에
별빛 산수유는
재 너머 때까치 부르고
처마에 달린 풍경은
가슴 치며 자아 성찰한다

산그림자 길어지고
모두가 떠난
절집 앞 정류장엔
허전함만 나부끼고
혼자 남은
봄 처녀는
벚꽃에 취해
막차를 그냥 떠나보낸다

찾으러 가 봄

개천가 아지랑이
꼼지락꼼지락
버들가지
등 긁어주니
간지러워 까르르 웃는다

묵정밭에 나들이 나온
한 쌍의 꿩
동면에서 깨난
폭포수 낙하 소리에
푸드덕하니 창공을 난다

솔버덩에서
잠을 청하던 부엉새도
화들짝 하니
밀밭을 가로지르고
새아기 소쿠리에는
금세 봄이 한가득 넘친다

이상한 결혼

배가 불러온 그들은
동시 섣달 긴긴날
난관의 고비를 넘고
순산하기 위해
한줄기 비를 기다린다

지성이면 감천이라고
굵은 는개가
영양제를 적당히 준다

봄이 온 길목에 서서
그들은 예식 준비한다

백목련 자목련
고운 자태로 마주 서
웨딩마치 울리기도 전
큰소리로 환호하며
꽃가루 뿌려 자축한다

노목의 설움

차츰
늙어가는 나무는
세월을 이기지 못하고
지는 해만 바라본다

낙하 된 꽃 이파리는
나부끼다가
볼품없는 박제가 된다

싱그럽던 청춘은
추억 속으로 스며들고
핏기 잃은 살점은
검게 말라진다

바람에 휘청거리다가
허리 굽은 노목은
동통을 겪는다

미루나무

넌 어찌
논둑만을 밟고
오도카니
서 있는 거니

물에 비친
비장의 매력이
아리따운 줄 모르고
고적한 곳에서
넋 놓고
세상만 지켜본다

하루를
비틀거리다가
해 질 녘
낙조를 보고서야
정신을 가다듬는다

씻김

여명을 찾는 초침이
헐떡거리며 달리기하는
깊은 밤 삼경

달빛 아래서
쏟아지는 벚꽃가루를
멍하니 지켜보다가
지난날을 되짚어본다

부족함을 채우려
쉼 없이 뜀박질했었건만
부초 같은 인생
남은 건 별거 없더라

허접한 과거는 잊고
봄비 속에
구질구질한 잡념 씻긴다

우울

잠자던
산골짜기
풍경소리 요란할 때
심장은 요동친다

간신히
실눈 뜬 이파리
허공을 더듬거리며
세상을 외면한다

산꼭대기서
시작된 바람은
쓰라린 가슴을 치고
사라진다

저녁노을
유희 마당에도
시선이 가지 않는
이유는 무엇 때문인지

잘못된 습관

속이 허전할 때
맨 먼저 찾는 것은 술

그 짓은
순간 밀려오는 통증을
잊기 위함일 것이다

고독으로 생긴 상처엔
지금도
피고름이 흐르고 있다

술병은 금세 마르지만
그 심상은
여전히 갈팡질팡한다

아침 이슬

아침
볕 쬐는 풀잎
이슬방울
또르르 굴리더니
허리 굽혀
앞산에 넙죽 큰절한다

수정같이 맑은 자태
애써
치장 안 해도
옥구슬 같아
흠잡을 곳 하나 없구나

물방울에
현혹된 나
어느새
그가 나를 삼켜
환상적 몽환을 꾸고 있다

민들레 처녀는

낯선 처녀는 어느 날부터
녹슨 대문 앞에 와 있다

초라하게 앉아
누군가를 마냥 기다리는 듯

집 주인도 떠나고
익숙하지 않은 자리에서
고향을 간절히 그리고 있다

바구니 든 아낙의 칼부림과
뭇 남정네
폐수 사례도 받아야 하는
억울한 객지 청산하고 싶다

시골 향취 그리워
하반신을 들썩여 보지만
의지와 달리
길손의 발자국에 몸부림만

그림의 떡

노릇노릇한 닭이
머리에서 튀겨지고 있다

입안에서는
고소한 치킨이
한바탕 버무려지고 있다

한 조각 치킨은
이미
배출된 듯한 기분이었다

졸던 가로등은
창 틈새로 힐끔 곁눈질한다

어둠을 흔들던 달빛도
조용히 사라지는 새벽녘
공허한 배를 달래지 못하고
아침을 맞는다

노년

피고 지고
퇴색되어
흙에
묻히고 말 것을

애써
꽃 피우고
열매를 맺으려
했단 말인가

모든 것
다 비운
나목은
빈 들판에
홀로 있어도
어색하지 않다

싸리비

제 할 일
다 마치고 귀퉁이서
한적한 휴식을 취한다

산 잎에
거미줄 안 친다고
그도 한때는
살아 생명을 지녔었다

거미 집
대들보가 되어
붙잡힌 사지는 외롭게
멈추어 서 있다

다시 일어나
거리를 누비는
그 발소리를 기다린다

세월 고개

바람 부니
꽃은 울어야 했다

주저앉은 꽃은
일어나지 못하고
곱지 않은 모습으로
발버둥 친다

그 언덕에도
산까치 슬피 운다

그 세월도
덩달아 울고 있다

그곳엔
지금도 바람이 분다

이심전심

향 내음
그윽한 절집

속세에
두고 온
임 그리워
한 맺힌 여승은

넋 잃고
솔숲을
바라보다
주름 깊어지고

남몰래
흐느끼며
눈물 흘릴 때

짝 잃은
소쩍새
구슬피 울며
곁을 지켜준다

화가와 붓

나 태어난 날
설렘 반 기대 반으로
세상을 맛보게 되었다

오랫동안
주인과 잘 어우러져
천지창조 했는데
그분은 나이가 들어
몸져누워 계신다

휴식이 길어진 나도
몸이 차츰 굳어져
좀처럼 일어나지 못했다

주인님
어서 일어나
기력 회복되는
한 가닥 희망 줄 잡는다

이별

추억 보따리
주섬주섬 담으며

모래밭에 새긴
두 발자국은
주름진 해수에
떠밀려
산산이 부서지고

파도를 가르며
물장구치던
갈매기 한 쌍은
마파람에 갈라섰다

꽃잎 사랑

강가에서
언약한 말 잊었는가

굽이치는 물결 따라
내 임 떠나간다

잡아도 뿌리치니
내민 손 부끄럽고
내 임 훔쳐 가는
물결이 야속하구나

임 떠나보내고
서성거리다
발길 돌리는
사내 마음은
무척이나 씁쓸하다

천상에서

고요한
밤하늘
여행을 떠난다

한 덩이
영롱한
별을 찾아
동공을 돌리며
천사 된 양
유유자적
하늘 난다

깜깜한 밤
혼자 있어도
외롭지 않다

마음에
날개 달았으니

공허한 심상

가슴에 불 질러 놓고
물 뿌린 자 있으니
타버린 검댕이 가슴
질퍽하게 젖어 있다

병든 노구처럼
동통은 치유되지 않고
왈칵 눈물 흐른 자리
진물 흥건하다

기억조차
상기하고 싶진 않지만
반백 넘은 허한 심상
댓잎처럼 흔들린다

처량하게 울고 있는
부엉이 울음 들으며
별 없는 하늘 아래서
새벽을 부른다

주인 잃은 집

삭은 흙벽은 부서지고
녹슨 지붕
담쟁이 올라가 만세 부른다

건넌방 거미 뜨개질하고
먼지 쌓인 대청마루는
생쥐 놀이터 되어 들썩인다

앞마당에 두엄은
질펀하니 농익어 가고
날망엔 베짱이 풀피리 분다

뒤곁엔 그루터기 몸살하고
문패 없는 대문으로
기척 없는 바람 들락거린다

녹음 풍경

안개 머문 산자락
초목을 매만지던 이슬은
스멀스멀
별 따라 하늘로 오른다

바람 안고 낙하하는
마른 잎은
서러운 결별에
머물 곳 잃고 방황한다

송화 분칠한
담쟁이 새순은
멋 부리며 정상을 향해
한 발 한 발 디딘다

썩은 가지 쪼아대는
딱따구리
공허한 부리 울림은
산고라당에 널브러진다

실패

슬픔으로
지워야 했던
꽃 같던 사랑아

그 사랑
숯검댕이처럼
변해 버렸고

가물가물
흐려진 기억
더듬어보니
피고름 자국만
선명히 남았더라

결실

척박한 들판에서
모진 풍파 이겨내고
무던히 살았다

꿈을 이루기 위해
저항하듯 몸부림치고
사지를 흔들어 대며
생명을 부지했다

핏기도 없던 몸에
어느 시기 다가오니
새 가지에 혈이 돌고
없던 힘이 솟구친다

잘 익어진 그 열매는
세월이 만들어낸
시련의 결과물이었나

땅끝 바닷가

샛노랗게 치장하고
바다 내음 마시며
바람 멎기를
학수고대한다

샛바람에
몸 맡기고
흔들거리는 유채꽃

그가 기다리는 임은
정녕 아니 오고

건너편 항구
그 임 실은 조각배는
동아줄에 코 묶인 채
여전히 멀미 중

달

하세월
변치 않고
때 되면
자리를 지키는
천상의 빛

나 있는 곳
타향 객지
그리고
고향 땅까지
비추는 밤 빛

고샅길
걸음걸음
불 밝혀 주는
검어야 하는
검지 않은 백야

분재

나는 산중에서
평범하게 자라고 있었다

한 인간의
눈에 찍히는 순간
목을 잡힌 채 끌려가
타향살이를 하게 되었다

연속되는 긴장 속
낯설고 옹색한 곳에서
불안한 나날을 보낼 무렵

인간의
부정한 손놀림에
사지 일부가 절단되어
피를 흘리고
신경마비를 겪는
돌연변이 삶은 애석하다

애주가의 비애

깔린 어둠은 물러가고
잘 익은 해는
중천에서 이글거리는데

등짝에 짊어진 침대는
쉽사리 내려놓지 못한 채
종일 뭉그적거린다

숙취에 부대낀 몸은
쇳덩이에 눌린 듯
천근만근 무겁기만 하다

서산 꼭대기에서 머물며
재주 부리던 노을은
하루를 갈무리하는데
난 숨죽은 배추처럼
맥을 잃고 하루도 잃었다

보릿고개 넘어

보리꽃 피던 들녘에서
철모르게 뛰놀던
어릴 적 시절이 그립다

보릿대 꺾어
호드기 불던 소년은
어느덧 육십 고개 넘는다

누렁이 엉덩이에 올라
애먼 소 회초리 치며
버럭 고함 지르던
짓궂던 소년은
차츰 세상과 멀어진다

부모 형제 떠난 초가엔
잡풀이 주인 행세하고
세월 설움에
문풍지가 대신 울고 있다

한 많은 영혼

상엿집 앞에서
청춘을 보낸 할미꽃은
세상사 고뇌를 다 짊어지고
허리 굽어 있습니다

이승과의 사투 끝에
작별한 혼령은
그 집에 갇혀 울고 있습니다

북망산천을 오가던 상여는
피폐한 넋을 위로하며
심신을 달래고 있습니다

산모퉁이에 서성이는
수많은 영혼은
속세와의 끈 줄을
어찌 쉽게 놓을 수 있겠나요

오월의 번뇌

담장에 장미화가
옛 기억을 더듬게 하고
가슴을 후빈다

펄펄 꽃향기는
널리 널리 퍼지는데
향기는 빗속에 묻힌다

아픈 기억을
쓸어 덮으려고
빗줄기는 굵어지는가

쏟아지는 비에
젖은 맘은 질퍽거린다

비 오는 날의 인물화

곰삭은 아카시아 향이
콧등을 스치는 느지막한 봄날

속살거리는 빗소리에
언짢았던 우울은 씻기고
애써 살아온 삶을 뒤집어 본다

비바람 맞은 초목들은
그렁그렁 맺힌 눈물을 떨구며
고개를 바로 들지 못한다

모진 풍파 겪으며
육십 고개 넘은 무명초도
생기 잃고 석양빛만 지켜본다

꿈속 고향

철부지 잠자리
햇빛 사냥 후
첨벙 물장구치고
비호같이 도망친다

송사리 기겁하고
물수제비는
비틀거린다

강둑에 찔레꽃
이산가족 될세라
부둥켜안고
조막손 웅크린다

굴곡진 시간을
더듬은
황금 달은
고향 하늘에 머물며
상그레 웃는다

사월 초파일에

동틀 녘 솔바람 불어
화사한 연꽃 피었습니다

겹겹이 쌓인 시름
부처님 방에서
하나씩 풀어 올려 봅니다

풍파가 닥쳐도
맞서 이길 자비와
부질없는 인간사
천지 만물 원력을 빕니다

생채기를 보듬는 독경은
촛불에 녹아들고
거룩함을 토합니다

부처님 전에
짐 풀어 시름 달래니
바람결에 풍경이 웁니다

향수에 젖어

동틀 무렵
노옹의 손에 이끌려
누렁이는 들로 향한다

어둠은
햇살에 쫓기고
빈 외양간에 파리가
제집인 양 드나든다

처마 밑에
씨 옥수수 그네 띄고
물찬 제비가 터 잡는다

갓 눈뜬 멍멍이
봄볕에 배냇짓하고
일터 나간 누렁이는
허기진 배 채우려
침 흘리며 문턱을 넘는다

크나큰 재원

부모님의
회초리가 없었다면
나는 가시밭으로
가고 있었을 것이요

그 채찍이
내게는
보물과도 바꿀 수 없는
소중한 선물이요

또한 내 어깨에
큰 짐을 주셨으니
그 또한
실한 보배로 만들어준
소중한 선물이요

인생 고개 넘을 적
바람에 흔들리지 않게
추를 달아 주셨으니
하루를 이기고 있습니다

엄니의 일생

뻐꾸기는
울 엄니 마음을 아는지
보리밭에서 쉰 소리로
종일 구슬피 울고 있습니다

꽃 처녀는
가난한 집에 시집와
묵정밭 일구며
일상을 눈물로 보내십니다

나약한 그 처녀는
호밋자루 움켜쥐고
한 계절 넘을 적마다
옷고름에 눈물 흘리십니다

흙과 싸우며
일생을 빼앗긴 처녀는
오늘도 지팡이 앞세우고
잰걸음으로 들에 가십니다

갯가의 고독

갯가 어느 찻집
말간 유리 벽에는
고독이 고여
얼룩져 흐르고 있다

애먼 바위를 때린
파도는
거품을 물고 쓰러져
버둥대고 있다

능선에 걸친 노을은
엷은 채색하고
시기하는 먹구름은
그 앞에서 용트림한다

그리움에 여울져
고적함만 쌓이고
구겨진 심상 달래려
먼바다만 동경하는데

도약하는 담쟁이

오뉴월
따가운 볕에 달궈진
콘크리트 벽에는
치열한 내란이 벌어진다

가녀린 촉수들의
가파른 응집은
고상히 허공을 더듬는다

한 걸음씩 진화하여
정상에서 고함을 외치고
위대함을 과시한다

진종일 힘찬 날갯짓에
베인 땀방울은
한소끔 빗줄기에 씻기고
내일을 꿈꾼다

그렇게 와 봄

그해 겨울은
무지하게 추워
봄은 안 올 것만 같았다

호락호락하지 않은
계절은
얼었던 가지에
싹을 틔우고
세상을 함초롬히 엿본다

춘풍을 스친 산야는
얼룩 물들고
봄을 외치는
뻐꾹새는
골짜기를 흔들어댄다

산기슭에 멈춰 선
나그네는 문득
그 시절
달콤한 연모에 젖어
발걸음을 떼지 못한다

진한 피

피 범벅되는 운명
그들은 괴성을 들으며
광명의 길을 찾아 맞서 싸웠다

총 칼로 흘린 혈은
진하게 스며들어
땅속에 뭇 생명의 싹을 틔운다

비명을 지르며 멈춘 호흡
그들이 토해낸 향기가
부패한 사회를 존립하게 한다

검은 머리 금수야
감히 총 칼을 휘두르지 말고
대의로써 새로이 나길 청한다

주식 시장

월 화 수 목 금
오전 아홉 시
불꽃 번쩍이는
치열한 전쟁이 벌어진다

붉어져
하늘을 향한 총알은
승리자의 몫
꺼져가는 불을
살려보려는 패배자와
희비가 교차하는 장이다

오후 세 시 반
총성 없는
전쟁은 끝나고
총알을 소진한 용사는
허무감만 남고
가슴을 멍들게 하였다

외로운 점포

도회지에는
한숨에 헐떡이는 천이
외로움을 떠안은 채
싸한 바람에 나부낀다

발소리 멎은 점포에
비틀거리는 건물주는
색바랜 사각 천
떨어지기를 갈망한다

쓰린 그 맘을
헤아리듯
나부랭이 현수막은
요동을 멈추고 정숙한다

허허로운 심상은
작은 인기척이라도
스치길 바라며
눈도장 찍고 돌아간다

춘래불사춘

벌판에 고운 별이
우수수 쏟아짐에
자운영 개망초 냉이는
머리 풀어 수놓는다

별 사냥한 들꽃들은
환호성 하는데
나그네 이 맘은 애잔하다

부초처럼 떠다니는
번잡한 생각들이
가슴팍에 멍울지고
여운이 남은
작금의 길목에서
고뇌하는 나그네 서럽다

비둘기 비애

멀리서 들어봐도
분명 노래가 아닌 것을
알 수가 있었다

어떤 사연 사무쳤기에
밤이 새도록
그다지 슬퍼했던가

금수인 너의 감정이
인간인 나의 감정보다
더 찐하단 말이냐

희로애락으로
범벅된 사바세계
웃음만 실컷 토했으면

보리 익을 무렵

파도 일렁이듯
춘풍에 청보리 춤추고
흰 셔츠 물 찬 제비
줄 타며 풍류 즐긴다

하늘 담은 방죽
금빛 송화 물비늘 타고
유유자적 뱃놀이한다

고적한 산사
쇠 북소리 메아리하고
동자승
엇박자 염불 애잔하다

산그림자 길어질 때
임 찾는 부엉이
구애의 쉰 소리는
외딴집 노처녀 울먹인다

추레한 돌싱

흐르다 흐르다가
천상에 정지된
핏빛 구름은
이내 가슴에 응어리진
멍울을 풀어 놓은 양

화양연화
달콤한 사랑은
시계추에 날개 단 듯
쾌속 질주하고
허무만 남게 되었다

창틈 새로 들리는
그녀 울음
가느다란 환청은
바늘 되어 가슴 찌른다

녹녹하던 영혼은
피폐해져
한잔 술에 넋두리하고
처량한 한을 달랜다

노구의 자화상

말뚝처럼 포박된 채
잔설에 묻혔던 무명초는
별 마중하며
시나브로 개화하였다

그대로일 것만 같았던
청춘은
머지않아 시들어지고
꽃 진 자리
마른 딱지만
덩그러니 차지하고 있다

길 것같이 느꼈던
호시절은
시간과의 사투 속
알 듯 모를 듯
세월에 빼앗기고
허기진 삶 허덕이다
빛바랜 자화상 서글프다

그리운 엄니

낯익은 모습이
눈에 선한데
그 처녀를
볼 수 없게 되었다

목소리도
귀에 익어 있는데
잔소리마저
들을 수 없게 되었다

그 처녀가 남긴
한 마디 한 마디가
내게는
명약이 되었기에
영영 잊을 수가 없다

세월이 밉다
그 처녀 데리고 간
그 세월이
오늘 구름은
유난히 서러워
조각 눈물 떨어트린다

유월 꽃은 울고 있습니다

유월 북망산천에서는
비명횡사한 충혼들이 잔디에 덮여
목울대를 떨며 함성을 지릅니다

봉분에 올라 장난질이나 하고
노래 부르던 철부지 산새들조차도
이날은 글썽이며 숙연합니다

임들의 넋은 후대 거름이 되었기에
평화의 이 땅에는
무궁화가 듬직이 피고 있으며
유월 장미도 슬픈 기억을 잊지 않고
진한 핏빛을 발하고 있습니다

선열들이시여
경건한 자장노래를 읊어드리오니
고이고이 영면하옵소서

아버님께 올립니다

돌아올 수 없는 곳
되 밟지 못하는 길
아득한 곳에 계심이 한스럽습니다

지게 내려놓으시고
한숨 돌리는 동안에도
걱정을 붙잡고 계시는 건 아닌지요

자식들에게 짐 주었다고
미안해하시더니
지금도 막걸릿잔 앞에 두고
눈물 찔끔하시는 건 아닌지요

자식을 우선시하면서
애지중지하던 당신이었기에
지금 이 자식은
당신을 우러러 눈물로 대신합니다

보릿고개 너머에서는

바람이 머물다간 강가에
짙은 안개 걷히고
물거울에 비친 고향은 무희 한다

민들레 홀씨는 훈풍 타고
이정표 없는
보릿고개를 넘나들며 비행한다

청보리는 어느새 누렇게 잘 익어
농부의 발소리를 기다리며
귀를 쫑긋 세우고 있다

다랑논에
갓 이사 온 어린 모는 새 터에서
까치발 딛고 키재기 한다

논둑에서 몸을 날리며
물수제비 뜨던 개구리는
왜가리 고함에 기겁해 잠수 탄다

보릿고개 시절

한 평의 땅도 없었으나
육신은 단단했기에
동네 품팔이는 당연한 듯
애달프고 막연한 세상살이

하세월 보리죽으로
근근이 입에 풀칠하고
오뉴월 땡볕에 버거운 몸은
넘치는 한숨을 되넘기고
타는 속을 달래보려
봉초를 말아 태우시며
남의 들녘 바라보던 아버지

달뜬 저녁상
오 남매 숟가락질 보며
애써 울음 달래시고
속내를 드러내지 않던 당신

기어코 넘으셨네
어렵고 고된 그 보릿고개를

천수답에 희망을

갈증에 허덕이던 거북 등은
하늘이 찢어지길 기다리다
속만 타들어 간다

마른 속을
후련하게 달래 줄
한소끔 작달비를 갈구하며
밤낮 입 다물지 못하고
먼 하늘만 바라볼 뿐이다

자드락 작은 땅뙈기
두렁이 닳도록 오가며
등짐에 눌려
허리 굽은 할아비
몰아 뱉는 가쁜 숨소리를
두견이가 잘 아는 듯
하루가 다 가도록
외딴집을 떠나지 않고
서리서리 맺힌 사연 토하며
구슬픈 곡 한다

송학사에서

아카시아 숭어리 만발한
하얀 터널 길
식지 않은 믿음으로
다가간 산모퉁이 송학사

조막손 더듬거리며
담 넘은 담쟁이도
세속의 심신을 달래려
한숨 돌리고 득음 중이다

찌든 번민 씻기는
불경 소리는 만산 울리고
길 가던 청설모
목탁 소리에 귀 쫑긋한다

고달프고 가여운
중생들의 마음 쉼터
소원 빌고 빌어
바라고 원하는 바 이루소서

원망하지 않으리라

세상살이 고행길
쓰라림에 슬픈 날도 많았지만
자투리 희망 하나 걸고 살아왔다

파도를 헤치며 가도 가도 끝은 없고
망망대해에서 향방을 잃어
노질에 지친 맥박으로
온 길 자꾸만 뒤돌아본다

세월 바람에 흔들리며
기력 잃은 중년의 사내는
내 몫을 잃어버린 허한 마음에
설움 터지고 소리 없는 눈물 훔친다

유월 밤 만삭 달 아래
솔부엉이 곡조에 기분 달래며
더 멀리 가야 할 길손은
빼앗긴 청춘 굳이 원망하지 않으리

어시장

고깃배가
좌판대에 쓰러져
많은 주검이 널브러져 있다

물 만난 고기떼처럼
신난 파리들은
잔칫집 드나들 듯 배 채우고
두 손 모아 용서 빌며
뒷걸음질한다

지은 죄 없이
난도질당해 마지막 가는
동지들을 지켜보던
불안한 새우는
가슴 졸이며
유리 벽을 뛰어넘는
탈주 시도를 반복했지만
능력은 역부족
실패가 낳은 슬픔이어라

고향의 빈 뜨락

마을을 휘감은 뒤안길
풍상에 늙어진 둥구나무 곁에
헐벗은 흙담은 늘어져 낮잠 청한다

초가 용마루에 참새 둘 밀애 중이고
굴뚝에 기대선 석류나무
싱긋하며 모름지기 가시눈 감는다

잡풀 산발한 마당엔 냉기만 돌고
세월이 갈라놓은 툇마루엔
주인 행세 하던 노쇠한 쥐 신음한다

헛간에 허리 꼬부라진 디딜방아는
거미줄에 묶인 채 주인을 기다리지만
발소리 멎은 지 언제인고

뒤틀린 심상

고난의 뒤안길에
땅거미 스멀스멀 내려와
고장 난 이 가슴
정비한다

어둠이 짙을수록
은하계는 빛나고
그 빛은
폐부를 달래지만
오래전
상처 난 가슴에는
진물이 흥건히 고였다

풍진 세상
뇌리에 남은 잔해
어지러워
길을 찾지 못하고
어제도 오늘도
길거리서 방황한다

둘이서 하나로

아름다운
한 쌍의 원앙은
많은 새를 불러 모아
거대한 잔치를 벌인다

전율이 흐르는 가운데
그 들은
어깨를 나란히 맞대며
양발을 맞추고 있다

순간 연리지에
신기루 빛 피어나고
정진하는 그들을 위해
장엄한 박수로 환호한다

새야 새야
천생배필 원앙새야
오늘 밤 휘영청 은반이
그대들의 둥지를
훤히 밝히려니
러브 송 맘껏 부르려무나

어느 노구의 한

빈곤의 세월 고개 넘으면서
당연한 듯 수긍하던
애련한 시절 있었다

풀죽으로 끼니를 대신하고
텅 빈 들판으로 나가
땡볕을 짊어지고 굽은 허리는
제자리를 잃었다

따가운 햇빛에 그을린 살갗
구릿빛으로 퇴색되고
주름진 살가죽은 뼈에 붙었다

날이 채 밝기도 전
논밭으로 잰걸음 종종대고
일에 쫓겨
허기가 왔다 간 줄도 모른다

산 넘고 물 건너
오만 고생 다 하시고
먹거리 풍족한 세상 도래하니
입맛 잃고 누우셨다

바다로 간 길손

오늘도 고행의 길머리서
얼마나 안쓰러웠나

어스름 깔리는 부두에서
깨지는 포말을 보며
눈물 없는 강울음 그친다

양탄자를 깔아 놓은 듯한
널찍한 수평선 멀리
고래 고함치며
폐부에 찌든 번민 토한다

어지럼증을 무릅쓰고
불타는 낙조를 향해
힘껏 솟구치는 바닷새는
하늘을 세로 가름한다

바다 끝 명산
산당화 울타리 너머
아담한 절집
적막이 흐르는 가운데
불경이 자비를 다스린다

어느 바닷가

고된 짐을
걸머진
어옹의 어깨 위에
백 갈매기 울부짖는다

항구에
부딪히는
파도 소리가
인간사 애한을 달랜다

노도에 떠밀려
험준한 길 다녀온
바다는
퍼렇게 멍들어
갯벌을 끌어안고
하얀 거품을 토해낸다

실비에 젖은 가슴

정적을 안고
창가에 서성이는
무색 는개의 심야 연가

달빛을 지르밟은
실비 향연에 춤을 춘다

그 한줄기가 가슴팍에
지그시 파고들 때
나는 사색에 잠긴다

도둑맞은
청춘의 기억을 더듬으니
작은 여운 하나 남았다

가느다란
실비의 정령으로
모든 상념 씻어내고
나만의 색깔로 익어가자

어느 여승의 행보

삭발입도한 어느 여인은
언덕에 올라 돌탑을 쌓으며
꽃밭을 일구고
손발에 생채기가 생겨도
그 몸 하나 아낄 줄 모릅니다

섭리를 따지지 않으며
속내까지 세상에 내놓고도
아까워하지 않으며
오롯한 정성으로
만물을 다스리고 치성합니다

산비탈 산책로에 샘을 파
길손의 목을 달래고
작지만 큰 쉼터 만들어주니
그 노고에
부처의 가슴은 뜨거워집니다

만민을 위해 흘린 구슬땀은
푸른 생명체에 양분이 되었고
자연을 위한 공을 다하였으니
숲은 즐거워 춤 사례합니다

나는 바보야

나는 나를
급하게 다뤘다

내 삶은
누구보다
빠르게 지나갔다

자신을
채찍질했기에
지금 여기에 있는가 보다

넓은 공간도
활용 못 한 채
옹색하게 나 여기까지 왔다

삶에 대한
음미도 못 느끼면서
나 이제 여기서 무얼 하는 걸까

밤에 무던히 왔다

빈 나무는 눈꽃을 받아 들고
의지처를 잃고 외로이 서 있다

머리에 눈덩이를 인 가로등
서럽게 흘린 눈물 발등에 넘친다

햇빛이 머물다간 유리창에는
싸늘한 고독만이 얼어붙어 있다

담장에 누운 장미는 먼 창공
미리내 별을 헤아리다 잠들었다

굴뚝새 밤새 떨고 기침하더니
아침결 봄볕이 마당에 서성인다

천심

내
서글픔
하늘에 있다

때론
하늘이
대신 울어준다

멍든 가슴은
하늘을 바라본다

나 대신
눈물 흘려주는
하늘 있어 괜찮다

멍든 가슴은
또다시 하늘을 본다

빗장 없는
내면을 보고자
순간순간 고개를 든다

거울 앞에서

마음을
비춰 보려고
거울 앞에 서 본다

내가
원치 않는
무게만을 답한다

초로의 연식은
서릿발 정수리가
맘에 걸린다

거울아
거울아 하며
제아무리 달래봐도
거짓은 하지 않는다

탈곡기

안영준 제3시집

2025년 1월 20일 초판 1쇄
2025년 1월 22일 발행
지 은 이 : 안영준
펴 낸 이 : 김락호
디자인 편집 : 이은희
기 획 : 시사랑음악사랑
연 락 처 : 1899-1341
홈페이지 주소 : www.poemmusic.net
E-Mail : poemarts@hanmail.net

정가 : 12,000원
ISBN : 979-11-6284-584-4